AF146183

CHRISTIAN J. CHRISTOPH

DÄMON ALKOHOL

Eine Autobiografie

Meinen Mitmenschen gewidmet

Herstellung und Verlag:
BoD – Books on Demand, Norderstedt
ISBN: 978-3-7357-7874-1

Intro

Guten Tag. Gestatten Sie mich Ihnen vorzustellen. Mein Name lautet Alkohol. Dämon Alkohol. Unter den unzähligen Dämonen die auf dieser Erde umherschleichen, bin ich eine Art zeitgemäßer Dämon. Nicht gezeugt und nicht erschaffen. Ich bin einer kleinen unscheinbaren Quelle entsprungen. Lange vor der Menschheit. Am fünften Tag der Schöpfungsgeschichte. An dem Tag als der Allmächtige Gott das Tier erschaffen hat. Nicht nachzulesen in der Heiligen Schrift. Im Grunde bin ich flüssiges Gift. Immer und zu jeder Zeit. Bei jedem Schluck. Ich mache Abhängig und Süchtig. Manchmal schneller und mal etwas langsamer. Ungeheuerlich ist die Macht die ich besitze. Unendlich viele Menschliche Seelen sind mir bereits verfallen. Unzählige versterben, nein, verrecken an meinen Folgen. Und es werden Tag für Tag mehr. Ich zerstöre Körper und Geist. Konsequent und Beständig. Komme was da wolle. Ob ich stolz oder glücklich bin über das Chaos, das ich unter euch anrichte? Nein. Ich bin was ich bin. Es wird immer so sein. Wie so oft im Leben geht es auch im Umgang mit mir um das korrekt dosierte Maß. Dies hat ein wenig mit Demut, Respekt und Wertschätzung zu tun. Eine gewichtige Rolle spielt die Genetik. Ebenso wie die Familiäre Konstitution, das soziale Umfeld und der Freundeskreis. Sehr wichtig ist der Mut und die Bereitschaft zur Wahrheit. Sich selbst und anderen gegenüber. Wer einmal Alkoholabhängig geworden ist, wird es für den Rest seines Irdischen Daseins bleiben. Es gibt kein zurück. Geht ja auch gar nicht anders. Bei jedem Schluck der von mir konsumiert wird, etabliere ich mich im Körper. Zelle für Zelle. Organ um Organ. Stück für Stück. Es ist einfach Atem beraubend. Kein

Mensch kann sich diesen Zustand der völligen Machtergreifung vorstellen. Absolut niemand. Die menschliche Leber ist ein hartnäckiger Gegner muss ich an dieser Stelle einfügen. Wirklich stur und uneinsichtig. Doch habe ich an ihrem Stolz ein wenig gekratzt, wird sie mit der Zeit nachgiebiger. Bis sie alsbald vernarbt und regelrecht zu Staub zerfällt. Im Volksmund lautet die Todesursache Leberzirrhose. Diese Erkrankung ist mit enormen Qualen verbunden. Ähnlich verhält es sich mit der Bauchspeicheldrüse. Als jemand, durch meinen Konsum begünstigt, an einem Pankreaskarzinom verstarb, fand die Verabschiedung des Verstorbenen in der Kapelle einer katholischen Begräbnisstätte statt. Der Sargdeckel wurde von Bestatterhand geöffnet. Von den Trauernden vernahm ich ein ohrenbetäubendes Geschrei. Ein Geheule nicht von dieser Erde. Der Leichnam roch streng und war bereits komplett braun geworden. Beim Leichenschmaus hieß es, das dieser Mann zu Lebzeiten gerne einen über den Durst getrunken hatte. Na und? Jedem das seine, oder? Und mir der Mensch.

Charlie Cater

Ich würde gerne die Geschichte von Charlie Cater erzählen. Er ist, wie nicht anders zu erwarten und seiner Biografie entsprechend, ein Alkoholiker. Unter anderem. Im Kampf gegen mich ist er immer wieder bereit aufzustehen. Nach jedem Rückfall. Wie die meisten seiner Leidensgefährten hat er eine sehr lange Zeit gebraucht, bis er kapiert hat, das er von mir abhängig ist. Das er krank ist. Das er alkoholkrank ist. Zuerst wollte er dies nicht wahrhaben; ums verrecken nicht. Er nicht. Schließlich hatte er Arbeit, eine schöne Wohnung, war stets ordentlich gekleidet und litt keinen Hunger. Dies konnte nicht zusammenpassen. Die Tatsache dieser lebenslangen Beziehung zu mir blieb erst einmal im Verborgenen.

Meine erste Begegnung mit Charlie hatte ich, als er drei Jahre
jung war. Eine Familienfeier löste sich auf, und die geladenen
Gäste gingen gemütlichen Schrittes nach Hause. Charlie,
neugierig und immer auf der Suche nach einem neuen
Abenteuer, leerte heimlich und in aller Eile die verbliebenen
Schnapsgläser des Wohnzimmertisches. Ein Gefühl von

unendlicher Wärme und Geborgenheit überkam ihn. Dieses von Natur aus kränkelnde Kind, die Hautfarbe fast durchsichtig, bekam endlich einen leichten rötlichen Ton in seinem zarten Gesicht. In Form von Spiritus nahm er mich zu sich. Es sollte nicht das letzte mal gewesen sein, das sich Charlie mit einem guten Schluck meiner hochprozentigen Wenigkeit zu stärken versuchte. Und so griff er auch nach mir, wenn er traurig und gebeutelt aus dem Kindergarten nach Hause kam. Wenn er wieder einmal vom Sohnemann des Schuldirektors verprügelt worden war, weil er Anziehsachen der Großeltern aus Berlin angehabt hatte, und der Rektorsbengel nicht. An solchen Tagen hat mich Charlie still, leise und unauffällig aus dem Küchenschrank genommen, und mich nippend genossen.

Im Jahre 1988 siedelte Charlies Familie aus dem oberschlesischen Ratibor nach Westberlin über. Ein neuer Lebensabschnitt hatte begonnen. In den ersten Jahren seiner neuen Heimat vernachlässigte mich Charlie völlig. Es fiel ihm schwer, mit Ausnahme seines besten Freundes Nogato, sich mit irgendjemandem anzufreunden. Schon gar nicht mit Klugscheißer Tomek, der ihn in aller Regelmäßigkeit daran erinnerte, dass er ein Pole zu sein habe und dazu stehen solle. Schließlich spreche er ja polnisch. Ängstlich und mit großer Mühe stellte sich Charlie dieser verbalen Tortur. Jeder, der nicht völlig taub und blind war, merkte wie sie ihm zusetzte. Und so kam es das Charlie anfing mich aufzusuchen. In irgendeiner Form. Bis er mich schlussendlich wiedergefunden hatte. Der Verzehr von Rittersport Rum und Mon Cheri verlieh ihm eine sanfte Entspannung. Und als er eines Tages Wind davon bekam, dass es mich hochprozentig im Sekretariat gibt, beschloss er, mich in Tropfen auf

Zuckerwürfeln auszukosten; regelmäßig, Woche für Woche. Diese bekam man nur bei heftigen Bauchschmerzen. Diese täuschte der Junge vor, um sich mit mir im Sekretariat zu treffen. An anderen Tagen schickte ihn seine Urgroßmutter in die nahe Apotheke um bei der Kräuterfrau ihren Melissengeist zu kaufen. Die ansässige Apothekerin machte mit. Im Unterschied zu seiner Oma, die sich lediglich damit einzureiben wusste, genoss mich Charles direkt aus der Flasche. In kleinen Zügen. Immer wieder unbemerkt. Die Zeit verging, und Charlie widmete sich mehr und mehr seinem neuen Hobby, dem Basketballspiel. Ich war traurig, dass wir während dieser Episode nie miteinander zu tun hatten. Er wurde ein immer besserer Schütze. Besonders von der Dreipunktlinie. Etabliert und von seinen Gegnern gefürchtet, bekam er den Spitznamen Jumping Joe. Seine Schulzeit verging so ziemlich unspektakulär. Ohne mich. Bis Charlie nach dem Abschluss seiner mittleren Reife beschloss, sein eigenes Geld zu verdienen. Er wollte sich im Beruf des Kochs ausprobieren. Und tatsächlich, er bekam die Chance bei einem der renommiertesten, besten aber auch strengsten und cholerischsten Köche Berlins und Brandenburgs eine Kochlehre zu absolvieren. In diesem Vorhof zur Hölle wusste Charlie nicht, was ihm hier noch bevorstehen würde. Er hatte einfach mit derart Unmenschlichem nicht gerechnet. Der Küchenmeister und Inhaber seines Lehrbetriebes, Luis Müller - Schulz von Herrenhausen, Hände groß wie Klodeckel, halslos zwischen Kopf und Schulter, mit ungeheurem küchen- und lebensmitteltechnischem Wissen ausgestattet, gepaart mit schier unendlicher Kondition, Übersicht sowie einer enorm lauten und angsteinflößenden Stimme. Mit einem Hang zum Alkoholgenuss. Im ersten Monat seiner Ausbildung hat

Charlie eine Gnadenzeit bekommen. In diesem Zeitraum wurde er nie angeschrien, rumgeschubst, beleidigt oder vor Anderen niedergemacht. Während dieser Zeit setzte er sich auch tapfer gegen einen anderen Azubi im Kampf um eine Dauereinstellung durch. Und das obwohl er wenige Wochen zuvor am rechten Ellenbogen gegipst worden war und sich aktuell einer miesen und schmerzhaften Krankengymnastik unterziehen musste. Charlie biss sich durch und die Ausbildung ging voran. Er lernte die wichtigsten und einflussreichsten Leute Berlins kennen. Das Restaurant „Topf und Pfanne", in dem er täglich seinen Dienst verrichtete, war dementsprechend bis auf den letzten Platz ausgebucht. Die psychische und die körperliche Belastung, der Stress, die Hitze, die Organisation des perfekten Ablaufes zwischen Küche und Service, der enorme Zeitdruck sowie der Umgang miteinander gingen an niemand spurlos vorüber. Es schien eine Selbstverständlichkeit zu sein, sich heute seelisch brechen zu lassen, um morgen zu hundert Prozent zu funktionieren. Zusätzlich kam ich ins Spiel.

Ich, King Alkohol.

Überall war ich zugegen. Am Tresen sowieso.

Aber auch darunter und darüber.

Im Keller zuhauf. Charlie bedien dich und sauf.

Dann bin ich stolz und erfreut, hast du es je bereut?

Nein, entspann dich und trink,

die Arbeit die stinkt, der Fisch ist gebeizt

und bevor dich der Alte verheizt,

dich zur Sau macht und reizt,

nimm mich nun zu dir und

ich gebe dir Ruhe und Frieden dafür.

Wer den Kochberuf von der Pike her erlernt hat, der wusste, dass es in dieser Branche keinen Frieden geben konnte. Und Ruhe schon gar nicht. Je höher Charlie die Berufsleiter emporgestiegen war, desto bedeutender wurde unsere Freundschaft. Ja, damals hatte er mich noch als einen Freund betrachtet. Eine feste Größe. Als einen Teil in seinem Leben. Irgendwann aber, verlor Charles seinen Job wegen der Folgen zu hohen Alkoholkonsums. Die Welt um ihn herum brach zusammen. Alles schien den Bach hinunter zugehen. Dieser Bach, ein Gemisch aus Ohnmacht, Sorgen, Zukunftsängsten, Unverständnis und tiefster Depression begleitete ihn fortan.

Durch den Umstand der Arbeitslosigkeit und des damit verbundenen Dahin-Siechens hatte sich Charlies Allgemein-zustand rasch verschlechtert. Alsbald „beschloss er", einen ersten Schritt in Richtung geistiger und körperlicher Genesung zu unternehmen. Nicht freiwillig versteht sich, sondern aufgrund guten Zuredens aus dem Kreis der Familie. So suchte er, damals gerade einmal 25 Jahre alt, eine Berliner Spezialklinik für Suchterkrankungen auf. Dort absolvierte er eine Therapie. Von Alkoholismus hatte Charlie vorher zwar schon gehört, doch konnte er bei sich selbst keine ihm bekannte abnorme Umgehensweise mit dem Dämon Alkohol feststellen. Alles was er dort sah, hörte und erlebte, prallte regelrecht an ihm ab. Drang nicht vor zu ihm. Hatte ihn überhaupt nicht berührt. Schließlich wurde er nach einem dreiwöchigen Aufenthalt regulär entlassen. Um den Verdacht auf Alkoholismus zu entkräften, ließ Charles erst einmal die Finger von mir, vorerst „erfolgreich". Dass er zum ewigen Sklaven meines Reiches geworden war, wusste er nicht. Einsamkeit, Kummer und das Bedürfnis nach Geselligkeit bestimmten immer wieder aufs Neue das Leben des Charlie Cater. Und so war es nur eine Frage der Zeit bis er wieder auf mich und meine Vorzüge zurückgriff. Auf der Suche nach Verständnis, Freundschaft und Bestätigung schien ich ihm ein treuer Helfer zu sein. Ich war es allerdings nur scheinbar. Überhaupt nicht zu durchschauen; in einigen wenigen lichten Augenblicken vielleicht. Doch nichts war von Dauer. Untreu. Hinterlistig und teuer bezahlt. Mit Körper, Geist und Seele; von Sünde behaftet. Immer und immer wieder.
Wer vergaß das erste Glas, stehen zu lassen,
der machte die Lehre, neue Ausstiegsversuche,
die gingen ins Leere.

Unzählige Male hatte Charles die Regel, die da lautet: Lasse das erste Glas stets stehen!, missachtet, um anschließend den entsprechenden Preis dafür zu bezahlen. In regelmäßigen Abständen musste er eine Klinik aufsuchen, die sich seiner Suchtproblematik annahm. Er war zu einem Drehtürpatienten

geworden. Sein Trinkverhalten hatte längst abnorme Züge
angenommen. Doch war aus seiner Sicht doch praktisch alles
in bester Ordnung. Und so missbrauchte er mich weiterhin.
Aufgrund meiner Wirkung. Unwissend das er vom Dämon
Alkohol missbraucht worden ist. Im vollen Umfang. An Leib
und Seele. Ich habe Charlie in allen Zuständen meines Daseins
erlebt; angetrunken, betrunken, volltrunken und komatös. Die
Widerwärtigkeiten, die unmenschlichen Erfahrungen sowie
der Kontrollverlust der Trinkmenge, bewegten ihn schließlich
zum Nachdenken.

So kam es, dass er bezüglich seiner Alkoholproblematik
zugänglicher und einsichtiger wurde, und ehrlicher; auch zu
sich selbst. Bis er eines Tages schließlich zugab, alkoholkrank
zu sein, und vor mir kapitulierte. Endgültig. Der Sieg war
mein. Für immer. Eine weiße Fahne wehte vor Charlies Lager.
Es musste sich etwas ändern. Sein Leben musste sich ändern.
Von Grund auf. Die gesundheitlichen, persönlichen und
gesellschaftlichen Probleme waren nicht mehr länger
tolerierbar. Er begriff endlich, das ein trinkender Alkoholiker
keine Rechte mehr besitzt. Schließlich stellt dieser eine Gefahr
für sich und seine Mitmenschen dar. Die Gesellschaft wischt
mit dieser kranken Seele doch regelrecht den Boden;
ausnahmslos. In jede erdenkliche Richtung. Fortan bediente
sich Charles verschiedenster Waffen in Kampf gegen mich.
Die Rüstung bildeten Ehrlichkeit, Willensstärke und
Disziplin. Hinzu kam die Ursachenforschung und seine
religiöse Neigung, welche er seit vielen Jahren stark
vernachlässigt hatte; hauptsächlich meinetwegen. Damals war
ich ihm einfach wichtiger. Obwohl ich ihm immer wieder ein
Dorn im Auge war, der professionell entfernt werden musste,

ließ sich Charlie Cater nicht durch mich zugrunde richten. Gerade noch rechtzeitig bekam er die Kurve und entschied sich gegen mich. Für das Leben und gegen den Tod. Frei von Gewalt, Zerstörung, Hass und Gleichgültigkeit. Sein Ziel war es, ein Leben in Liebe, Demut und Frieden führen zu können. Charlies Herz, mehrfach verletzt und gebrochen, musste nun Heilung erfahren. Zuflucht und Hilfe fand er im Glauben und in seiner Familie. Etwas ganz entscheidendes hatte Charles begriffen: dass es sich nur zu leben lohnt, wenn man bereit ist, wahrhaftig zu lieben; aus Leidenschaft. Dies bedeutet, für seine Mitmenschen, Opfer zu bringen, Leid zu ertragen, sein Ego hinten anzustellen und unendlich Mitzufühlen, grenzenlos.

Die Liebe ist die größte Tugend aus Gottes mächtiger Hand. Sie ist das Band der Vollkommenheit. Ein Garant für Frieden und Respekt. Diese Tatsache hatte Charlie im Inneren seines Herzens immer mit sich herumgetragen. Doch war er nie in der Lage, es auch nur einer Seele aufrichtig mitzuteilen, geschweige denn, Liebe von seinen Mitmenschen anzunehmen. Selten hatte er eine adäquate Geste oder Antwort parat. Er schien gefühlskalt. Wie oft er den Versuch unternommen hat, sich diesbezüglich durch meine Hilfe den Weg zu ebnen, weiß niemand. Immer mit negativen Auswirkungen. Enttäuschung, Wunden und Einsamkeit blieben zurück. Für eine gesunde Nächstenliebe, die er bisher nie in vollen Zügen hatte erleben dürfen, wollte er sich endgültig von meiner Sklaverei freimachen. Je zahlreicher die Tage der Abstinenz wurden, desto reiner und strahlender erschien sein Geist. Demut und Sanftmut wurden zu seinen Wegbegleitern. Er war trocken. Ein Mann der hinauf wollte,

musste sich nicht mehr täglich die Frage stellen: Kleiner
Mann was nun? Der Trinker, auf den jeder mit dem Finger
zeigte, war er nicht mehr. Und weil Charlie Cater nur knapp
einem Gefängnisaufenthalt entging, und nicht aus dem
Blechnapf essen musste, dachte er sich so manches mal:
junger Herr, große Leistung.

Ja, mit einem klaren Kopf ist das Menschendasein viel intensiver und schöner. Ein ganz anderes Erleben. In Charlies Leben gab es Episoden, in denen er sich von mir weder beeindrucken noch umstimmen ließ. Irgendetwas hatte ihn stets zur rechten Zeit vor meiner erneuten Übernahme gewarnt. War es sein immer wiederkehrender Traum, den er so oft geträumt hatte? Es klingelte spät Nachts an seiner Haustür. Charlie machte im Halbschlaf die Wohnungstür auf. Bevor er auch nur ein Wort sagen konnte, wurde er von zwei großen und finsteren Gestalten überwältigt und nach draußen abgeführt. Die drei gingen auf einen Militärlaster zu, auf dessen Ladefläche Charles unfreiwillig Platz nehmen musste. Zusätzlich fixierten sie ihn an Bauch, Händen und Füßen. Dieser Zustand der völligen Hilflosigkeit kam ihm sehr bekannt vor. Wie oft er in den verschiedensten Heil- und Pflegeanstalten seiner Vergangenheit fixiert worden war, wusste er selbst nicht mehr. Die beiden Unbekannten nahmen in der Fahrerkabine Platz. Der Motor startete. Als Charlie sich ein wenig beruhigt hatte und in die Runde schaute, musste er feststellen das er nicht der einzige Fahrgast war. Mit an Bord waren außer ihm noch andere Männer und Frauen. Menschen seines Alters. Und jünger. Es stank fürchterlich nach Erbrochenem, Urin und Kot. Aber auch nach Alkohol. Angstschweiß perlte den Leuten die Stirn hinunter. Alle starrten auf den Boden. Niemand wagte es ein Gespräch zu beginnen. Plötzlich öffnete sich in mitten der Fahrerkabine ein kleines Fenster, aus dem eine hohe Stimme erklang: "Charlie Cater, sei herzlichst gegrüßt. In Begleitung deines Schutzengels wirst du jetzt mit ansehen, was es bedeutet sich zu Lebzeiten schuldig gemacht zu haben. Schuldig im Sinne der Anklage, verflucht und besessen vom Dämon Alkohol.

Gesündigt zu haben durch ihn und mit ihm. Das Irdische Gericht spielt jetzt nicht die geringste Rolle mehr. Die Seelen, die dich augenblicklich begleiten, mein lieber Charles, sind dem ewigen Höllenfeuer geweiht. Entzogen haben sie sich ihrer Verantwortung. Sie zeigten weder Gewissensbisse noch Reue. Verachtet wurde das Lebendige. Stattdessen häuften sie Materielles an. Maßlosigkeit und Lüge war ihr ständiger Begleiter. Ihr Geist laufend getrübt. Durch Verwirrung zur Sünde, Suizid, Abtreibung, Neid, Zorn, Geiz und Hochmut. Ebenso die Unfähigkeit seinen Mitmenschen nicht vergeben zu können."

Charlie konnte dieser Stimme nicht mehr länger folgen. Als Epileptiker befürchtete er einen Krampfanfall zu erleiden, so schlecht war die Luft. Schlussendlich sackte er bewusstlos zusammen. Es dauerte eine ganze Weile bis er wieder zu sich kam. Auf der Ladefläche des Wagens war niemand mehr. Ein Schwefelgeruch machte sich breit. Zudem war es extrem nebelig. Er stieg benommen die Ladefläche hinunter und stolperte sogleich über verschiedenste Marterinstrumente. Schwach konnte Charles kleine, vielbeinige Kriechtiere ausmachen. Der Gestank war kaum auszuhalten. Nun vernahm er Schreie. Viele Schreie. Hilfeschreie. Dieser düstere Ort machte ihm panische Angst. In diesem Augenblick berührte jemand sanft Charlies Schultern, ein lichtreiches und großes Wesen mit einem wunderschönen Gesicht und Haaren aus Gold. Dieses Geschöpf führte Charles an einem See aus Blut entlang zu einer riesigen Feuerstelle über der Macht- und Ruhmsüchtige kopfüber an den Beinen fixiert hinunter hingen. Schräg gegenüber war eine Grube, in der die Seelen Platz fanden, die zu Lebzeiten der schwarzen Magie oder der

Hexerei verfallen sind. Zusammen mit kuriosem Getier mussten sie dort bis zur völligen Erschöpfung schreiend und flehend ausharren. Lügner leckten glühend heiße Kohlen. Manchmal, je nach Laune der Peiniger, wurden ihre Zungen mit vorgeglühten Fleischerhaken durchbohrt und damit an die Decke gehangen. Dieben wurden die Hände abgetrennt. Anschließend unterzog man sie einem Spießrutenlauf, bis sie ausgeblutet zu Boden sanken. Trunkenbolde mauerte man in Zehnerbündeln bis zu den Schultern ein und übergoss sie ununterbrochen mit Alkohol. Bis schließlich die letzte Seele ihren zweiten Tod starb.

Ertränkt wurden sie regelrecht durch mich. Alles Flehen und Schreien nützte nichts. Keinerlei Hilfe in Sicht. Gleiches galt für Verräter und Lästerer. Sie wurden mit glühenden Nägeln gekreuzigt und ihre Zungen abgeschnitten. Diejenigen, die sich des Mordes an ihren Mitmenschen schuldig gemacht haben, liefen nackt auf zwei riesigen sich zueinander drehenden Walzen. Charles wollte nur noch weg von hier. Zurück ins Leben. Doch sein Schutzengel befiehlt ihm zu bleiben. Als sie ihre Exkursion fortsetzten, fing er bitterlich an zu weinen. Alle Marterstationen waren ausgeschildert, so dass man ablesen konnte, für welche Vergehen diese Seelen gequält worden waren. Die Dämonen hatten freilich ihren Spaß dabei und führten ihr Werk mit großer Leidenschaft aus. Es wurde immer heißer. Ein gewaltiger Berg aus abgetrennten Genitalien, hauptsächlich männlichen Ursprungs, aber auch aus herausgerissenen Armen und Augäpfeln kam zum Vorschein. Auf einer Tafel stand in Stein gemeißelt: Sterbliche Überreste von Vergewaltigern und Betrügern. Eine Ebene höher bekam Charlie einen Läuterungsprozess zu

Gesicht. Nur die Köpfe dieser leidtragenden Seelen ragten aus dem Feuer hervor. Einige von ihnen hatte er wiedererkannt, doch konnte er niemandem helfen. Wieder wurde Charlie bewusstlos.

Als er seine Augen öffnete, lag er durchnässt von Kopf bis Fuß in seinem heimischen Bett. Erleichtert atmete er kräftig durch. Dieser Alptraum war die Hölle auf Erden. Wie gern hätte er augenblicklich einen Menschen in seiner Nähe. Meinetwegen war dieses Bedürfnis reines Wunschdenken. Arg mitgenommen stand Charles auf und widmete sich seinem morgendlichen Ritual. An Tagen wie diesen, dachte er besonders viel nach. An seine Familie. Über Menschen, die er besonders geschätzt und geliebt hat. Aber auch an diejenigen, die bereits in die Ewigkeit vorausgegangen waren. Unendliche Sehnsucht verspürte Charlie an jenen Tagen. Doch wusste er, dass Schmerz, Leid und Verzicht in seinem Leben eine ganz besonders große Gnade darstellten.

Doch ich, König Alkohol, fühle keinen Schmerz und kein Leid. Und verzichten? Worauf soll ich verzichten müssen? Alles, was mein Dasein erfüllt, seid ihr Menschen. Eure Seelen will ich. Eins sein mit ihnen. Zumindest für eine Weile, einen Augenblick. Es ist unbeschreiblich ein Teil von euch zu sein, mein Wirken in euch zu spüren. Hier völlige Beherrschung, dort massiver Kontrollverlust; unmenschlich, brutal und tödlich. Seid willkommen und kommt in meine Knechtschaft, aus der es kein Entrinnen gibt. Alkoholleichen gibt es wie Sand am Meer. Wird dein Leib eines Tages zu ihnen gehören? Die Tränen der Betroffenen bündeln sich zu einem See der Trauer und des Leides. Wohin fließen die deinen, mein Freund? Bräunlich schimmert die Haut meiner Opfer. Oft fühlt sie sich hölzern an. Und die deine? Wie viele Narben wirst du meinetwegen im Laufe deines Lebens zurück behalten, geistig und körperlich? Oder ist dir das gleichgültig? Mir schon. Im Gegensatz zu dir habe ich keinerlei göttliche Gnaden erhalten. Mit einer einzigen Ausnahme. Dich von mir abhängig zu machen, vollkommen. Und wenn dieses vollbracht ist, so wirst du bei Tag und bei Nacht zu Gott schreien und um Hilfe und Barmherzigkeit flehen. Deine Seele wird gesättigt sein mit Leid und du wirst dich fühlen als hätte ich dir alle Leibeskraft genommen. Vorzeitig wirst du dir wünschen, in der kühlen Erde Platz nehmen zu dürfen, im tiefsten Grab. Entfremdet sind dir deine Freunde. Mit Abscheu schauen dir deine Mitmenschen ins Gesicht. Deine Augen sind trüb geworden vor Tränen. Krank, gebeugt und gebrochen bist du. Sobald du mich verzehrst, zerstöre ich dich. Alles werde ich dir wegnehmen. An Tagen, an denen es dir schlecht zu gehen scheint, wirst du nach meiner rettenden Hand greifen und ich werde sie dir reichen. Immer wenn du sie brauchst. Und schon bald werde ich dein engster Vertrauter sein. Jemand, auf den man sich immer verlassen kann. Zu jeder Zeit und an jedem Ort. Irgendwann mutierst du zu meinem Sklaven. Fortan lasse ich dich nicht mehr los. Du bist abhängig von mir geworden. Ein Leben lang. Dein ganzes Leben lang wie viele Millionen andere Menschen auch. Von meinen Gefahren ahnt kaum jemand etwas. Eines Tages hole ich sie alle ein. Dann stehen wir voreinander, uns Auge in Auge blickend, zum Kampfe bereit. Wer glaubst du, wird am Ende den Sieg davon tragen? Ich oder du? Du oder ich? Niemand kann mich besiegen. Und du ebenso wenig. Doch überzeuge dich selbst davon. In aller Ruhe. Die meisten meiner Opfer können und wollen nicht mehr. Sie haben genug

Qualen gelitten und sehnen nur noch den Tod herbei; wohl wissend, dass er das Leben kostet. Diese Seelen sind von ihrem Fleische gekreuzigt. Wer zeigt Gnade und Erbarmen mit diesen Menschen? Kann irgend jemand nachvollziehen, wie es in ihrem Inneren aussieht? Genau dort nämlich brennt es wie loderndes Feuer. Ohne Unterbrechung lösche ich es. Außenstehende können das Gefühl der Sehnsucht nach mir nicht beschreiben. Niemand außer dem Betroffenen selbst. Der erste Schluck nach langer Abstinenz, wie fühlt er sich an? Und was löst er aus? Ich schreite zur Tat und passiere die durstige und entsprechend trockene Kehle die Speiseröhre hinunter. Sogleich breite ich mich im Magen aus. Speisereste in Form von kleinen unverdauten Bröckchen begegnen mir auf meinem Weg. Sie schwimmen wie winzige Boote in der Magengegend umher. Und weil die Abhängigen meist nicht anders können, kippen sie mehr von mir nach. Kein Ende in Sicht. Mehr und mehr füllt sich der Magen mit mir. Gnadenlos gehen die Boote unter und werden von einem Hurrikan aus Mageninhalt, Gallenflüssigkeit und Alkohol erfasst. Inzwischen nehme ich direkten Einfluss auf das Blut meiner Opfer und belaste lebenswichtige Organe. Rasch breite ich mich im Körper aus. Obwohl ich das Gift in Person bin, werde ich dennoch unterschätzt. Besonders mein Suchtpotenzial. Aufgrund dieser Tatsache kommt es zeitnah zu lebensbedrohlichen oder tödlichen Vorfällen. Herzinfarkte, suizidale Handlungen, Alkoholvergiftungen, Schlaganfälle, Delirien oder epileptische Anfälle sind nur einige von ihnen. Generationen kommen und gehen. Doch mich wird es immer geben. Und mit mir meine Gefahren. Sie lauern überall. In der Konsumgesellschaft, auf der Straße, am Arbeitsplatz, im Freundes und Bekanntenkreis oder Privat. Auf jedem Kontinent dieser Erde.

In allen Bevölkerungsschichten.

Ich kann jeden befallen. Unabhängig von Beruf, Stand, Konstitution, Veranlagung oder Vermögen. Auch diejenigen, die sich sicher fühlen und mein Gift bagatellisieren. Je früher man mit dem Alkoholkonsum beginnt, desto anfälliger und sensibler reagiert der menschliche Organismus auf mich. Bis er irgendwann eine Pufferzone, die sogenannte Alkoholtoleranz, aufbaut. Diese ermöglicht es, einem langjährigen und geübten Trinker mehr von mir zu trinken, ohne kurzfristige Risiken in Kauf nehmen zu müssen. Die Abhängigen vertragen scheinbar mehr. Langfristig jedoch, wirkt sich jeder Tropfen meines Giftes negativ auf Leib und Seele des Konsumenten aus. Und das ist das tückische. Das menschliche Gehirn gleicht einer riesigen Speicherkarte. Dementsprechend speichert es kleinste Vergehen. Selbstverständlich nimmt es Stück für Stück irreparablen Schaden. Soweit, bis ab einer gewissen Abstinenzperiode jeder noch so kleine Tropfen meiner Wenigkeit zur Gefahr wird. Und das auf Lebenszeit. Um Rückfälle und die damit verbundenen Konsequenzen zu vermeiden, müssen Betroffene jeden erdenklichen Kontakt mit mir meiden.

Ich, der Dämon Alkohol,
existiere nun schon lange.
Unwissend trinkt ihr mich zum Wohl,
zuhauf und ohne bange.

Meist unbelehrbar ist der Tor,
mit hartem Herz am falschen Fleck.
Drum ziehe ich ihm lang sein Ohr,
bis er sich wälzt im Dreck.

Lasst euch hier dies gesagt sein,
habt Angst und Furcht vor mir.
Sonst wird im Endgericht,
der Richter streng mit dir.

Wie gefährlich ich wirklich bin, habe ich unendliche Male miterleben müssen. Unbestreitbar grausame Dinge, Unfälle oder Erkrankungen ereignen und entwickeln sich durch meine Einwirkung. Dramen und Vorfälle, die weder ausreichend gewürdigt, noch der Öffentlichkeit ausführlich und ehrlich weitergegeben werden. Somit werde ich von der Menschheit zu sehr verharmlost. Lange Zeit auch von Charlie Cater. Bis es eines Tages zu spät war.

Schluss?

Ich kann mich noch sehr genau daran erinnern, wie Charles in einem katholischen Gotteshaus um göttliche Gnade und Hilfe bettelnd vor einem Tabernakel kniete und betete:

Herr, nun knie ich erneut vor dir. Verführt vom Dämon
Alkohol und mit Schuld beladen. Wieder konnte ich der
Verwirrung und Versuchung nicht entsagen. In solchen
Augenblicken meines Lebens gerate ich ganz besonders in
Angst. Und weil ich genau weiß, das ich heute noch mehr
Alkohol trinken werde, frage ich mich jetzt: was bringt der
Rest dieses Tages mit sich? Warum musste ich wieder
trinken? Welche Gefahren lauern auf mich dort draußen?

Und werde ich diesen Tag überleben? Allmächtiger Gott, du hast uns Menschen erschaffen als dein Abbild. So auch mich. Ich glaube fest daran, das du jeden von uns liebst. Deinen Sohn hast du aufgeopfert, um die gesamte Menschheit von ihren Sünden zu befreien. Ohne dich und deine Liebe wäre ich nichts. Da du mich am besten kennst, schütte ich mein Herz vor dir aus und bitte dich im gleichen Atemzug um dein Erbarmen. Hilf mir offen zu sein für meine Mitmenschen um jeden von Ihnen zu achten. Gestatte mir positiv über alle zu denken, und negativ über keinen. Bewahre mich vor Verwirrung und Sünde. Besonders vor den Schrecken und Folgen des Dämons Alkohol. Er kennt keine Gnade mit seinen Opfern und versucht jede Seele dauerhaft für sich zu gewinnen. Schenke mir, meiner Familie und meinen Mitmenschen Frieden. Statte mich mit Demut und Sanftmut aus und hilf mir, allen alles zu vergeben, damit eines Tages auch mir vergeben werden kann. Heile mein gebrochenes Herz Vater, damit ich aufrichtig lieben kann. Segne die Menschen, die mir nahe stehen, meine Feinde sowie diejenigen, die ich aufgrund meiner Trunksucht verletzt und enttäuscht habe. Möge mein Schutzengel mir wachsam beistehen im Kampf gegen das Böse. Besonders am heutigen Tag. Amen.

Nach diesem Gebet verließ Charlie schnellen Schrittes die Kirche. Hinein in das Nachtleben der Großstadt. Nichts Böses widerfuhr ihm an diesem Tag und in dieser Nacht. Als ich Charles Cater das letzte Mal begegnet bin, war er zu einer Familienfeier eingeladen. In der Küche der Gastgeber schaute ich ihm zu, wie er eine Kürbissuppe zubereitet hat. Ohne mich zu beachten, stellte er einen mittelgroßen Topf auf den Herd, in den er ein großes Stück Butter hineingab. Darauf folgten zwei Hände voll grob geschnittene Zwiebelwürfel, die Charlie behutsam abgezogen hatte. Unter ständigen rühren und jetzt glasig, kamen ebenso grob geschnittene und von der Schale und Innenleben befreite Kürbiswürfel hinzu. Ordentlich umgerührt und auf kleines Feuer gestellt, wurde der Ansatz nun mit Geflügelbrühe bedeckt und simmerte leise vor sich her. Nebenher schälte Charlie ein wenig Ingwer, und rieb ihn in die Suppe. Diese füllte er mit etwas Schlagsahne auf, ließ sie aufkochen und mixte den Inhalt des Topfes sehr gründlich durch. Jetzt schmeckte er mit Salz und schwarzen Pfeffer aus der Mühle ab. Er richtete die Kürbissuppe in tiefen, weißen und vorgewärmten Tellern an. Vollendet wurden sie mit ein wenig gerösteten Kürbiskernen sowie ein paar Tropfen Kürbiskernöl. Er servierte sie, nahm als letzter am Tische platz und aß zufrieden seine Suppe auf.

Über den Autor

Christian J. Christoph, Jahrgang 1981, ist gelernter Koch.
Nach sechs Jahren Spitzengastronomie, übte er verschiedene
Tätigkeiten im Bereich der Altenbetreuung, einer
Katholischen Gemeinde sowie im Betreuten Wohnen aus.
Er lebt in Berlin.

Herstellung und Verlag:
BoD – Books on Demand, Norderstedt
ISBN: 978-3-7460-1559-0